BRUJAS A MEDIANOCHE

Bat Pat. Brujas a medianoche
Título original: *Streghe a mezzanotte*

Primera edición en México: septiembre, 2010
Primera reimpresión: octubre, 2013
Seguna reimpresión: noviembre, 2015

www.megustaleer.com.mx

Texto de Bat Pat
Blasco Pisapia y Pamela Brughera, por la cubierta original e ilustraciones
Laura Zuccotti, por el diseño gráfico
Realización editorial: Atona, S.L.
Departamento de diseño de PRHGE, por la adaptación del diseño de portada

www.batpat.it
www.battelloavapore.it

ISBN: 978-607-310-156-1

Impreso en México – *Printed in Mexico*

Esta obra se terminó de imprimir en Impresora Tauro S.A. de C.V.
Av. Plutarco Elías Calles #396, Col. Los Reyes, México D.F.

El papel utilizado para la impresión de este libro ha sido fabricado a partir de madera procedente de bosques y plantaciones gestionadas con los más altos estándares ambientales, garantizando una explotación de los recursos sostenible con el medio ambiente y beneficiosa para las personas.

Penguin
Random House
Grupo Editorial

BAT PAT

BRUJAS A MEDIANOCHE

montena

¡¡¡Hola!!!
¡Soy Bat Pat!

¿Saben a qué me dedico?
Soy escritor. Mi especialidad son
los libros escalofriantes: los que hablan
de brujas, fantasmas, cementerios...
Además, desde hace poco, tengo
otro trabajo un poco más arriesgado pero
mucho más emocionante: soy DETECTIVE.
¿Se van a perder mis aventuras?

LES PRESENTO A MIS AMIGOS...

REBECCA

Edad: 8 años.
Particularidades: Adora las arañas y las serpientes. Es muy intuitiva.
Punto débil: Cuando está nerviosa, mejor evitarla.
Frase preferida: «¡Andando!».

MARTIN

Edad: 10 años.
Particularidades: Es diplomático e intelectual.
Punto débil: Ninguno (según él).
Frase preferida: «Un momento, estoy reflexionando...».

LEO

Edad: 9 años.
Particularidades: Nunca tiene la boca cerrada.
Punto débil: ¡Es un miedoso!
Frase preferida: «¿Qué tal si merendamos?».

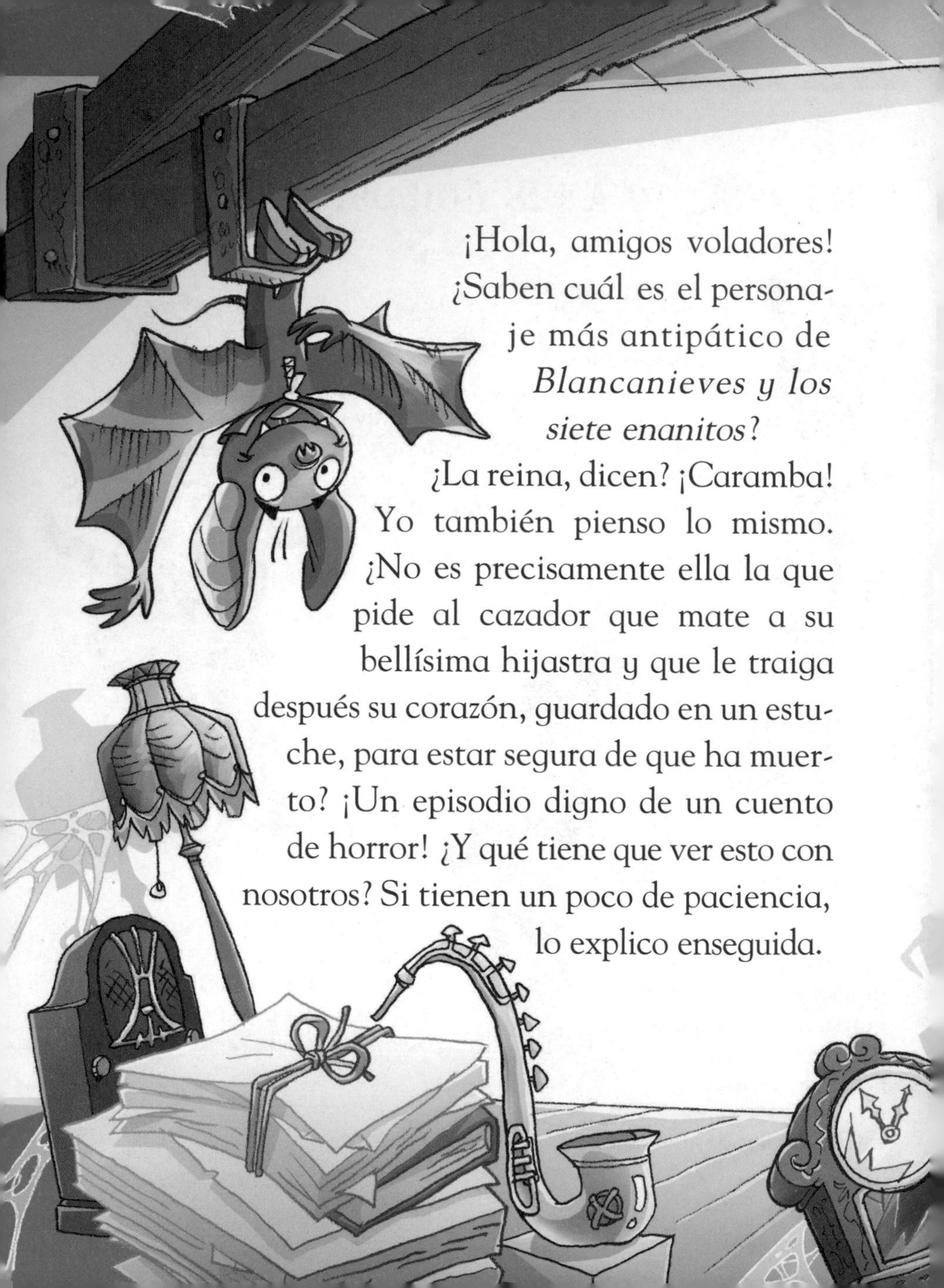

¡Hola, amigos voladores! ¿Saben cuál es el personaje más antipático de *Blancanieves y los siete enanitos*? ¡La reina, dicen? ¡Caramba! Yo también pienso lo mismo. ¿No es precisamente ella la que pide al cazador que mate a su bellísima hijastra y que le traiga después su corazón, guardado en un estuche, para estar segura de que ha muerto? ¡Un episodio digno de un cuento de horror! ¿Y qué tiene que ver esto con nosotros? Si tienen un poco de paciencia, lo explico enseguida.

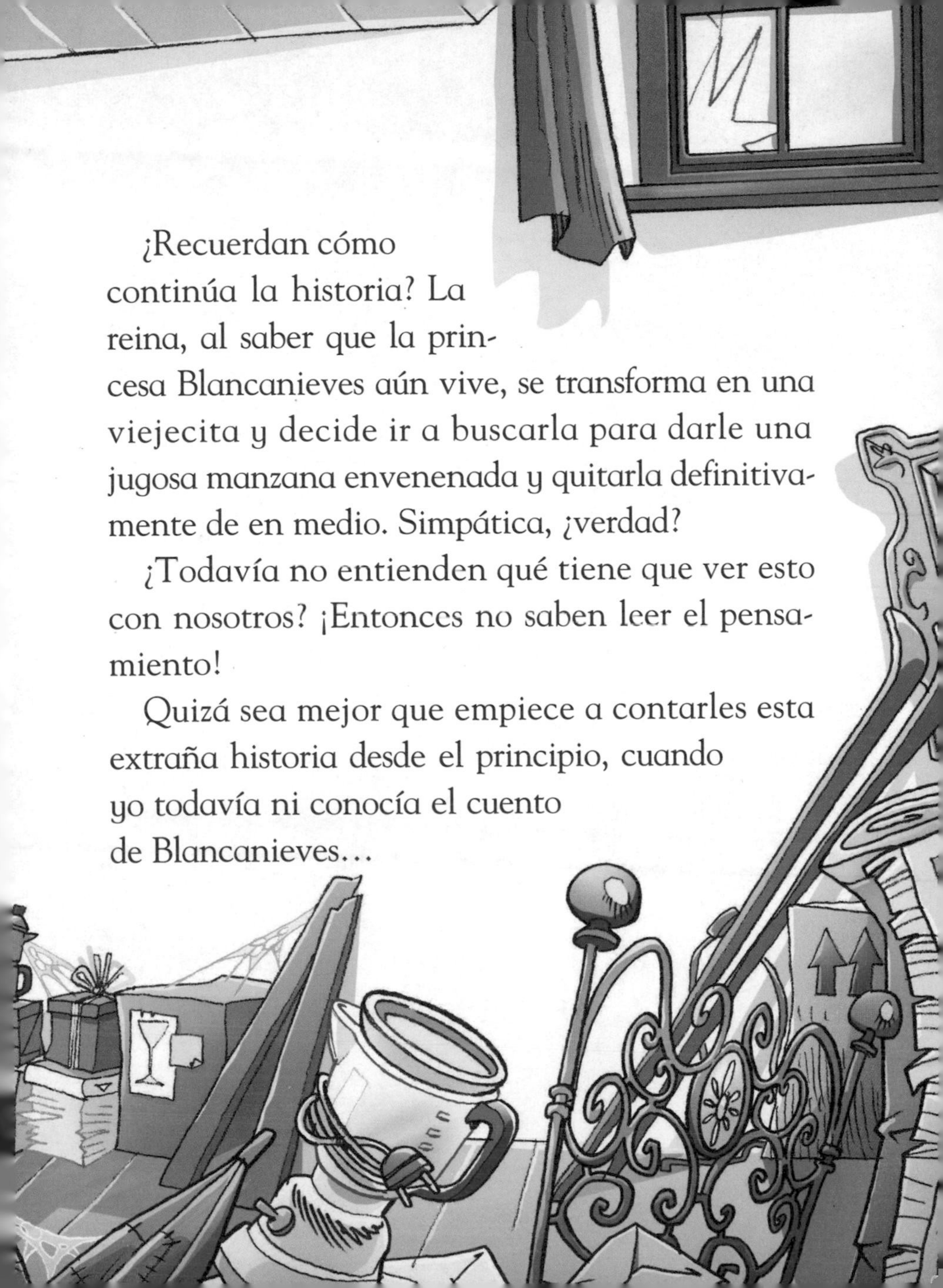

¿Recuerdan cómo continúa la historia? La reina, al saber que la princesa Blancanieves aún vive, se transforma en una viejecita y decide ir a buscarla para darle una jugosa manzana envenenada y quitarla definitivamente de en medio. Simpática, ¿verdad?

¿Todavía no entienden qué tiene que ver esto con nosotros? ¡Entonces no saben leer el pensamiento!

Quizá sea mejor que empiece a contarles esta extraña historia desde el principio, cuando yo todavía ni conocía el cuento de Blancanieves...

1

¡VAYA TORTAZO!

ormía como un lirón. Mejor aún, como un murciélago.

Nunca habría pensado que el desván de casa de los Silver fuera tan confortable, acostumbrado desde hacía años al silencio de una mohosa cripta de cementerio. «Probémoslo», me dije. «Siempre estoy a tiempo de dar media vuelta y volver entre mis lápidas.» En realidad, no solamente me encontraba muy bien con aquella familia de locos, sino que todos ellos habían hecho lo imposible para hacerme sentir enseguida «en casa». Rebecca se había convertido en mi estilista de confianza y escogía para mí la ropa y los zapatos más a la moda. Con Martin pasaba un montón de tiempo discutiendo nuevas ideas para mis historias de terror, y él tenía siempre alguna buena sugerencia que darme. Además, estaba Leo, a quien, por desgracia, se le había metido en la cabeza enseñarme a escribir con la computadora.

–Quizá se te escapa el hecho de que tengo las alas enganchadas a las manos –observé una tarde que estábamos charlando en mi desván–. ¿Cómo hago para apretar las teclas?

–Podrías revolotear un poco y usar los dedos de los pies –respondió Leo, metiendo su mano rolliza en una enorme bolsa de patatas.

–Claro –repliqué–, y a lo mejor también podría prepararte una pizza a los cuatro quesos.

–Pues tiene que haber una manera… –refunfuñó mientras continuaba tragando.

En la casa de los Silver se había armado un cierto alboroto cuando los chicos tuvieron que explicar a sus padres que yo era un murciélago *sapiens*, y que era capaz de hablar, de leer e incluso de escribir.

Sin embargo, superado el «shock», todo fue mejor. La señora Silver me regaló un tintero y una elegante pluma de ganso, y el señor Silver, tras un poco de recelo inicial, se convirtió en mi amigo, tanto que me construyó un pequeño escritorio y una confortable cama a medida.

–Pero papá –le hizo notar Rebecca–, ¡los murciélagos duermen colgados en el aire!

–Bueno, le engancharemos la cama a la viga del techo –propuso él.

–¡Igual no es necesario! –repliqué, aterrorizado–. De todos modos les agradezco que lo hayan pensado.

En realidad aprendí también a dormir acostado. Al principio se me enroscaban las alas alrededor del cuerpo y me caía continuamente al suelo, pero después me acostumbré y noté que tenía bonitos sueños: ¡soñaba que volaba! Insólito, ¿verdad? Dormía

a la antigua usanza sólo cuando necesitaba inspiración para mis historias y quería que me llegara un poco de sangre al cerebro.

Estaba precisamente ocupado en una de estas meditaciones con los ojos cerrados cuando me despertó un grito terrorífico: ¡parecía el maullido de un gato con dolor de muelas! Escuché mejor y descubrí que se trataba de una voz. Una voz estridente y penetrante. ¡Era tan aguda que temía que fuera a romper los cristales de mi ventana!

«¡Sonidos y ultrasonidos!, ¿quién berrea de este modo?», pensé, intentando taparme las orejas.

Bajé de la viga del desván con un elegante triple salto mortal e intenté centrarme. Los chicos estaban en el colegio, el señor Silver estaba trabajando, así que en casa solamente estaba la señora Silver, pero aquella voz de pesadilla no podía ser suya.

«¡Adiós, mañana de reposo!», pensé de mala gana. Alguien tendría que explicar a ciertos humanos que a los murciélagos les gusta dormir de día.

Miré el despertador fosforescente que me había regalado Leo: las diez y media. ¡Prácticamente el alba!

En fin, ahora ya estaba despierto. Podía vestirme en un pis pas e ir a echar una ojeada.

Me estaba poniendo la ropa de color amarillo limón que me había regalado Rebecca, cuando aquel aullido espeluznante resonó de nuevo en Friday Street, precisamente delante de la casa de los Silver.

Revoloteé hasta la ventanilla del desván para echar un vistazo a la calle y vi, al lado de un carrito de fruta, a una viejecita ves-

tida de oscuro, con un sombrero puntiagudo del que sobresalían espesos cabellos castaños.

–¡Manzanas! –volvió a chillar–. ¡¡¡Manzanas genuinas, sabrosas, vitamínicas, ricas en sales mineraleees!!! ¡Compren mis manzanaaas!

Continuó así durante un largo minuto. ¡Una auténtica tortura!

Afortunadamente, la señora Silver vino en mi ayuda y salió a la calle, dirigiéndose hacia el carrito con el monedero en las manos.

«Menos mal –pensé–, ¡a este paso me explotarán los tímpanos!» Y volé inmediatamente fuera de la ventana para hacerle notar mi agradecimiento.

Fue entonces cuando la viejecita se volvió hacia mí: en su cara arrugada y maligna brillaron por un instante dos ojos malvados. ¡Miedo, remiedo!

Después se dirigió a la señora Silver y le sonrió amigablemente, justo como la viejecita de Blan-

canieves, mostrándole las manzanas rojas expuestas en el carrito.

¡Por el sonar de mi abuelo! La madre de Martin, Leo y Rebecca estaba en grave peligro, lo sentía, ¡y aunque me moría de miedo, tenía que hacer algo!

Cerré los ojos y me lancé en picada hacia la vieja gritando lo más fuerte que podía:

–¡Señora Silver, está en peligro! ¡Aléjese de esa bruja!

Entonces, la vieja sacó una larga escoba de debajo del carrito, me golpeó con fuerza y me mandó contra el poste del farol.

En aquel instante todo quedó a oscuras.

2

ESCRIBIR CON LOS PIES

e desperté en el sofá de casa. La señora Silver me había puesto una bolsa de hielo en la cabeza y estaba sentada a mi lado con la mirada preocupada.

–¿Todo bien, pequeño?

–Sí, gracias –respondí yo–. ¡Pero tengo la cabeza como un globo!

–¡Bueno! Cuando atacas a una pobre viejecita inofensiva es lo menos que te puede pasar. ¿No es cierto?

–¿Viejecita inofensiva? Ésta tendría que jugar béisbol, se lo digo yo… ¡Vaya golpetazo!

–Pobre abuelita, la has asustado y ella se ha defendido.

–Pero ¿le ha visto la cara a la abuelita? –pregunté, saltando sobre el sofá–. Tenía unos ojos…

–¡Oh, vamos Bat! –ahora también ella me llamaba Bat–. Creo que te sienta mal escribir todas esas historias de miedo. Te estás convirtiendo en un miedoso que ve fantasmas por todas partes. Sólo era una viejecita que vendía fruta. Eso es todo.

–No le habrá comprado nada, espero.

–¡Sí! Aquellas manzanas tenían un bellísimo aspecto y un precio muy apetecible. Mira allí… –dijo, indicando un cesto sobre la mesa que desbordaba de apetitosas manzanas rojas.

–¿Quieres una?

–No, gracias. Y si quiere mi opinión, yo evitaría tocarlas.

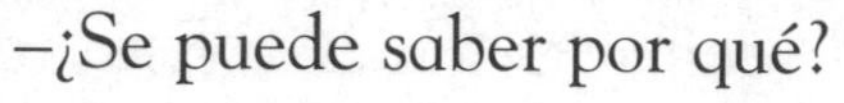

–¿Se puede saber por qué?

–Porque... siento que hay algo que no va bien.

Naturalmente no conseguí que cambiara de idea. Más bien, para convencerme de que exageraba, mordisqueó uno de aquellos frutos jugosos y... tengo que reconocer que no le sucedió nada extraño.

–¿Estás convencido ahora?

No, no estaba nada convencido, pero me rendí ante la evidencia.

A las cinco regresaron los chicos y la casa se llenó de nuevo de voces y gritos. ¡Por fin! Los empezaba a extrañar. Revoloteé enseguida hacia el recibidor.

–¡Hola, Bat! –me saludó Leo, chocándome las garras. ¡Lo hizo con tanta fuerza que consiguió que diera dos vueltas sobre mí mismo! Luego se fue a la cocina a merendar. Martin agitó en mis narices un flamante libro nuevo que tenía en la cubierta un conejo blanco con los ojos rojos.

–Hace un año que lo estaba esperando. ¡Mira, Bat!

–¿Qué es? –le pregunté.

–Es el último libro de Edgar Alan Papilla, *La venganza del conejo gigante*. Enseguida que lo haya leído, te lo paso –gritó, desapareciendo en su habitación.

Solamente Rebecca me notó algo extraño y se paró a mirarme.

–¿Todo bien? –me preguntó, entreabriendo sus grandes ojos verdes.

–Bastante. ¿Y tú? ¿Cómo estuvo la escuela?

–Luego te lo cuento –respondió–. ¡Ahora necesito una dosis de calorías! –Y siguió a sus hermanos hacia la cocina.

Pocos minutos después la vi aparecer en el desván con dos vasos de leche.

–¿Te apetece un poco de «jugo de vaca»?

–Sí, gracias.

–Explícamelo todo –dijo, sentándose en el suelo.

No sabía si hacía bien en hablarle de mis sospechas, pero esconderle algo a Rebecca era como intentar ocultar un elefante detrás de un ratón (¡Guau! ¿De dónde me vienen estas comparaciones?), así que le conté el episodio de la mañana con todo lujo de detalles. Ella me escuchó sin pestañear mientras se bebía la leche a sorbos. Sin embargo, cuando le hablé de mis sospechas acerca de la viejecita y sus manzanas estalló en una risa colosal.

–¿He dicho algo gracioso? –le pregunté, un poco ofendido.

–Nada, nada... –replicó ella–. Sólo una divertida coincidencia.

–¿Coincidencia?

–Sí. Precisamente hoy en la escuela han anunciado un concurso que se titula «Cambia el final de *Blancanieves y los siete enanitos*».

–Podrías participar –añadió, riéndose–. Ya me lo imagino: «La bruja malvada se acercó ofreciendo una manzana a la princesa para agradecerle su gentileza, cuando un murciélago se entrometió y ella lo persiguió con su escoba»... ¿Qué me dices?

–¡Muy, pero muy graciosa!

Iba a preguntarle quién era Blancanieves cuando apareció Leo descalzo y con su habitual bolsa de papas en la mano.

–¡Bat, acompáñame! ¡Ya lo tengo!

Lo seguimos hasta la habitación. Martin, tumbado en la cama leyendo su libro nuevo, estaba tan concentrado que no se percató de nosotros.

–¡Buenas noticias, Bat! Por fin he descubierto cómo puedes utilizar la computadora.

–Pero Leo, ya te he dicho...

–Lo sé, lo sé. Tienes las alas enganchadas a las manos.

–¿Entonces?

–¡Pero no los pies! ¿Correcto?

Y diciendo esto, puso los pies desnudos encima del teclado y, ante nuestros ojos incrédulos, tecleó dos o tres líneas de texto sin faltas. Incluso Martin levantó los ojos del libro, con gesto de asombro.

–¿Lo has visto? Me ha bastado entrenarme durante algunos días. ¡Y con las manos puedo continuar comiéndome las papas! –concluyó, metiendo una mano en la bolsa–. ¿Qué me dices?

–Digo que no me gustaría oír decir que mis libros están escritos… ¡con los pies! –respondí, y me volví a meditar un rato a mi desván.

3

REBECCA, GRAN ACTRIZ

Cuando la señora Silver nos llamó para cenar, me presenté al último. No tenía mucha hambre, y ver a Leo atiborrándose como un pavo me la hizo perder del todo.

Temía que la señora Silver contase el episodio de la viejecita, pero por suerte guardó el secreto. Rebecca sacó a relucir el asunto del concurso «Cambia el final de *Blancanieves y los siete enanitos*», desencadenando una curiosa conversación.

–Escucha mi idea –dijo Leo–. El príncipe es un experto en computadoras y con la ayuda de Blancanieves y los enanitos inventa un videojuego en el que hay que cazar a la bruja. El juego es presentado en un megaconcurso y gana el primer premio. Todos se hacen muy ricos y el príncipe transforma el castillo en un parque de diversiones. No está mal, ¿eh?

–Es penosa, Leo –le contradijo Martin–. No puedes transformar una fábula en una historia de ciencia ficción. ¿No es cierto, Bat? ¿Tú cómo cambiarías el final, nos lo dices?

Yo conocía muchísimos cuentos gracias al viejo bibliotecario con el que había aprendido a leer y a escribir, pero nunca había oído el de *Blancanieves y los siete enanitos*. Iba a confesarlo cuando la señora Silver puso en la mesa la cesta repleta de manzanas rojas que había comprado aquella mañana.

Me silbaron los oídos. ¡Ahora todos las comerían y sucedería algo terrible! Sin embargo, a Elizabeth no le había ocurrido nada... Tenía que mantener la calma. ¿Y si mi confesión sobre Blancanieves les distrajera, alejándolos del peligro? Decidí intentarlo:

–Yo... ejem, en verdad no conozco el cuento de *Blancanieves y los siete enanitos.*

Hubo un instante de silencio.

–¡Oh, Bat! –intervino Rebecca–. ¿De verdad que nunca lo has oído?

–No, quizá mi bibliotecario odiaba las manzanas.

Mientras tanto miraba nervioso la cesta. Aún nadie la había tocado.

–Entonces tenemos que contártelo –exclamó Rebecca–. Había una vez un reina bellísima...

Se pusieron todos a escucharla y yo también lo hice, sin perder de vista las manzanas. Pero cuando llegó al punto en que la bruja ofrece la fruta envenenada a Blancanieves, ocurrió el *cataplúm*. Rebecca cogió una manzana roja y jugosa de la cesta y pronunciando las palabras: «...entonces la muchacha se acercó la manzana envenenada a la boca y le dio un mordisco», mordió la manzana verdadera. Dio un grito ahogado y cayó al suelo.

Estallaron fuertes aplausos.

Incluso Leo se puso en pie silbando y gritando: ¡¡¡GENIAL!!! ¡Otra vez!

En efecto, había sido una interpretación magistral.

–Tendrías que ser actriz –observó su padre, conmovido–. Siempre lo he pensado.

–Continúa, hija –le incitó su madre–. El cuento no se acaba de esta forma tan trágica.

Pero Rebecca permanecía tendida en el suelo, inmóvil.

Tardamos unos instantes en comprender que no estaba bromeando y que se encontraba mal de verdad.

–La manzana… –balbuceé yo–. Fue la manzana…

La señora Silver me miró, aterrorizada.

–¡Rápido, George, tenemos que llevarla enseguida al hospital!

Dos minutos más tarde toda la familia Silver se dirigía como una exhalación al servicio de urgencias de Fogville. Rebecca yacía en el asiento de atrás: Martin le sujetaba la cabeza y Leo las piernas.

Yo le acariciaba la mano, fría como el hielo.

4

EL ANILLO MÁGICO

Cuando los señores Silver contaron al médico de urgencias lo que había sucedido, éste los miró asombrado:

–Pero ¿es que se han puesto todos de acuerdo? –dijo–. ¡Ya es el segundo caso esta noche!

–¿Qué quiere decir, doctor? –preguntó Martin, alarmado.

–¡Quiero decir, querido muchacho, que hay alguien en Fogville que se divierte vendiendo fruta podrida a la gente!

Luego se dirigió a los señores Silver:

–A Rebecca también tendremos que hacerle un buen lavado de estómago. Esperemos que en este caso las cosas vayan mejor…

–¿Por qué lo dice? –gimió la señora Silver–. Quiere decir que la otra niña…

–No quería asustarla, señora. La otra paciente está bien. Sólo que…

–¿Sólo que…?

–Parece que ya no reconoce a sus familiares. Los mira y sonríe, pero es como si no los viese.

Yo me estaba quietecito en el bolsillo interior de la chaqueta de Leo, en compañía de una decena de caramelos de fresa medio desenvueltos, y no podía hacer más que escuchar, murmurando para mí: «Ya lo había dicho yo… ¡nada de "pobre viejecita"»!

–Estará bien, estén tranquilos –aseguró el doctor, mientras una enfermera se llevaba a Rebecca.

Nos hicieron esperar una hora en una sala llena de gente. Yo le pedí a Leo que me cambiara de bolsillo (¡aquel olor a fresa me daba náuseas!), y acabé en el bolsillo exterior, que estaba lleno de galletas desmenuzadas.

Cuando sacaron a Rebecca, los señores Silver se precipitaron a pedir noticias, mientras que Martin, Leo y yo seguimos a los enfermeros hasta una habitación.

Allí la estiraron junto a la otra niña de la que había hablado el doctor. Rebecca tenía los ojos cerrados.

–Psst... –hizo Leo a Martin.

–¿Qué pasa? –le respondió su hermano.

–Ésta da miedo –susurró, señalando con la barbilla la otra cama–. ¡Mira qué ojos!

Me asomé fuera del bolsillo para mirar: una niña delgadísima, con el pelo corto, estaba sentada en la cama con las piernas rígidas, mirando hacia adelante.

–¡Hola! –dijo–. Me llamo Leo, ¿y tú?

La niña giró lentamente la cabeza hacia él y apenas le sonrió. Luego volvió a fijar la mirada en el vacío.

–Simpática. Una chica de pocas palabras –comentó Leo, volviéndose de repente hacia Martin.

Yo me deslicé entre las galletas y acabé en el fondo del bolsillo, mientras alguna cosa se me clavaba en la garra derecha.

–¡Pero qué diablos!… –exclamé, quitándome aquel trasto de encima.

Leo metió la mano en el bolsillo y me sacó fuera. Tenía en la mano un pequeño anillo con un pedrusco rojo.

–¡Bat, eres un genio! –exclamó, dándome un beso en la frente–. ¡No lo encontraba!

–¿Y de qué se trata? –preguntó Martin, ajustándose las gafas en la nariz.

–Un anillo mágico. Mi regalo para Rebecca. Quería dárselo para su cumpleaños.

–Pero su cumpleaños fue hace tres meses...

–Ya, voy algo retrasado. Pero la intención es lo que cuenta, ¿no?

Y diciendo esto le puso el anillo en un dedo de la mano derecha.

De improviso entró el doctor con la señora Silver y Leo no tuvo tiempo de esconderme.

–¿Qué es esta... «cosa»? –preguntó el médico, señalándome con un dedo.

–No es ninguna «cosa», ¡es un murciélago! –me defendió con coraje Martin.

–Ya veo que es un murciélago, pero ¿qué hace en un hospital?

Por suerte la señora Silver intervino y le explicó que yo era el pequeño amigo de Rebecca (dijo precisamente «el pequeño amigo», ¡aghh!) y que su hija nunca se separaba de mí.

–Pues creo que esta noche haremos una excepción –replicó el médico–. Sólo podrá quedarse con ella uno de ustedes. Luego, mañana por la mañana...

Justo entonces, se acercó a la puerta otra enfermera con un aspecto más bien alarmado:

–¡Doctor, es mejor que venga enseguida! Parece que otra niña ha comido una de esas manzanas indigestas.

–Pero ¡no es posible! –exclamó el doctor–. ¿Qué es, una epidemia? –Y salió corriendo por el pasillo con la camisa revoloteando.

Se decidió que aquella noche la señora Silver se quedaría con Rebecca. Antes de salir de la habitación fuimos todos a despedirnos de ella con un beso.

Leo le susurró algo al oído, como si ella pudiera oírlo.

5

UN PLAN DESCABELLADO

ormimos poco y mal. Tumbado en mi cama nueva, yo no concilié el sueño hasta el alba y tuve pesadillas: soñé que Blancanieves me perseguía por la casa de los enanitos gritando: «¡Una rata! ¡Una rata!», intentando aplastarme con una escoba. Entonces sonó el teléfono y la princesa corrió a contestar. Tenía voz de hombre y gritaba tan fuerte que me despertó: «¡¿DESAPARECIDA?!».

Pero no era Blancanieves quien hablaba. Era el señor Silver, al teléfono con su mujer.

Nos asomamos los tres al rellano del primer piso: yo con los ojos hinchados, Martin sin gafas y Leo en calzoncillos.

–¿Qué quieres decir con «desaparecida»? ¿Estás segura? ¡Voy enseguida! –Colgó y nos miró, conmocionado.

–¡Rebecca ha desaparecido! Y también las otras dos niñas que ingresaron con ella anoche.

–¿Ya avisaron a la policía? –preguntó Martin, que nunca perdía la calma.

–Sí, naturalmente. Es más, puede ser que llamen aquí si descubren algo. Yo voy al hospital. ¡Si hay

alguna novedad, avísenme enseguida! Cuento con ustedes. También contigo, Bat.

–Gracias, señor Silver –respondí–. Haremos todo lo posible.

Se vistió en un santiamén y salió con un zapato de cada color.

Nosotros nos sentamos alrededor de la mesa de la cocina para desayunar, pero nadie tenía hambre, ¡ni siquiera Leo! Pusimos la televisión, y las noticias de la mañana ya difundían la noticia de la desaparición. Noté que a Martin se le habían empañado las gafas: mala señal... Sin duda, había problemas a la vista.

De repente, sonó el teléfono.

–Martin, tesoro, soy mamá. Pásame a Bat.

–¿A Bat? –preguntó él, incrédulo, y me pasó el teléfono–: Es para ti.

–¿Di... diga? –¡era la primera vez en mi vida que usaba aquel aparato!–. ¿Quién es?

–Bat, soy yo, Elizabeth… Tenías razón sobre aquella mujer. ¡Discúlpame! Si te hubiera escuchado…

–Oh, no importa. Ahora sólo tenemos que pensar en encontrar a Rebecca. De modo que cuente conmigo: ¡cazaremos a aquella viejecita malvada!

Cuando colgué, vi que Martin y Leo me miraban asombrados.

–¿Desde cuándo vas a la caza de viejecitas? –preguntó Leo.

–¿Hay algo que no nos has dicho? –insistió Martin–. Adelante, desembucha.

De este modo, les expliqué lo que había sucedido el día anterior: desde el escobazo en la cabeza hasta el mordisco de la manzana. Al terminar aún estaban más asombrados.

–¡Increíble! –exclamó Leo–. ¿Estás diciendo que fue la viejecita quien la hechizó con las manzanas y la secuestró?

–¡Apuesto el ala derecha! –respondí.

–¡Entonces basta que la encontremos y se acabó el juego! –exclamó Leo.

–¡Facilísimo! –respondió Martin–. Hay que explorar toda la ciudad de Fogville, dando por supuesto que no se haya largado ya, ¡y el caso está resuelto!

–O hay que tener… ¡el anillo mágico! –replicó Leo, riendo.

–¿Puedes parar de decir tonterías? –le reprochó Martin.

–¿Recuerdas el anillo que le regalé a Rebecca en el hospital? No era un anillo normal, sino mi último invento: ¡el anillo buscapersonas!

–¿Y eso qué significa?

–Eso significa que cuando uno se pierde, basta con que dé la vuelta al anillo alrededor del dedo y éste envía una señal a un receptor. ¡De este modo encontrar a la persona perdida está resuelto!

–¿Y dónde está ese receptor?

–¡Aquí! –dijo Leo, apoyando sobre la mesa una cajita de metal con un antena muy fina.

Martin suspiró:

–Pero ¿cómo sabrá Rebecca cómo funciona el anillo?

–Se lo susurré al oído ayer. Poco antes de dejar su habitación.

–¿Le explicaste a Rebecca cómo funciona el anillo mientras ella estaba inconsciente?

–¡Exacto! –respondió Leo, sonriente.

Martin y yo nos miramos perplejos: quizá no era un gran plan, pero al fin y al cabo era el único del que disponíamos.

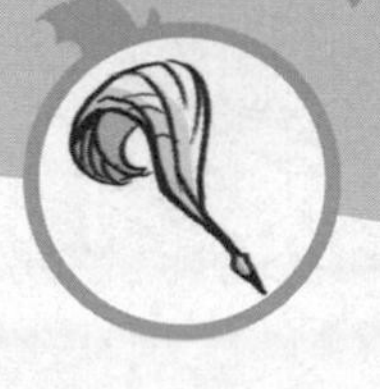

6
BOMBAS DE PIEDRA

Transcurrió la mañana... y también la tarde. De Rebecca y de las otras dos niñas no se supo nada durante todo el día. La «viejecita de las manzanas» había desaparecido misteriosamente, tan misteriosamente como había llegado.

–¡Apuesto el ala izquierda a que ya no está en la ciudad! –dije.

–Si sigues apostando tus alas, te arriesgas a tener que ir a pie, Bat –comentó Leo.

Martin se había puesto a leer otra vez. *La venganza del conejo gigante*, pero estaba siempre en la misma página.

Se hizo de noche y los señores Silver regresaron a casa con cara de haber ido a un funeral. Ninguno de nosotros tuvo el valor de hacer preguntas.

Leo miró una vez más el receptor apagado y se lo metió en el bolsillo: quizá él también empezaba a tener dudas sobre su plan.

Cuando todos se fueron a la cama, decidí hacer un vuelo nocturno para refrescar las ideas. ¡Estaba tan contento de tener alas que juré no apostarlas nunca más por ningún motivo!

Llegué a la periferia de Fogville y me posé sobre una rama para escuchar los rumores de la noche.

–¿Dónde estás, Rebecca? ¡Mándanos una señal, una pequeña señal y venimos a buscarte!

Regresé a casa con las garras vacías. Estaba a punto de planear en la ventana del desván cuando vi dos sombras delante de la puerta de casa: ¡sonidos y ultrasonidos: dos ladrones! Tenía que dar la alarma, pero me temblaban las alas del miedo. De improviso recordé uno de los trucos que mi primo Ala Suelta, murciélago de la patrulla acrobática, me había enseñado: ¡las bombas de piedra!

Tenía que intentarlo. Cogí del jardín una piedra grande como un huevo y, batiendo mis alas, la levanté. Apunté y lancé la piedra, dándole en la cabeza al más robusto de los dos: ¡blanco!

–¡Ay! ¡Aquí llueven piedras! –exclamó éste, levantando los puños hacia mí.

Pero yo ya había cogido otra piedra y con el corazón a mil me estaba preparando para un segundo lanzamiento.

Esta vez le di al cómplice en un hombro: ¡doble blanco! También él me amenazó, gesticulando.

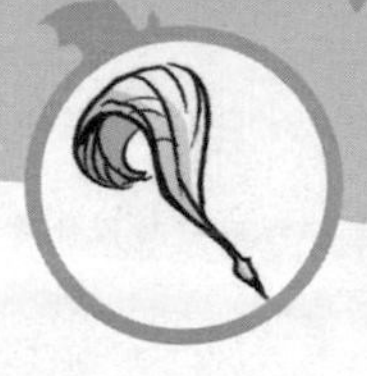

Luego los dos desaparecieron.

–¡Peligro superado! –pensé, y me dispuse a entrar.

No tuve tiempo de poner una garra en el desván cuando dos brazos robustos me agarraron y me taparon la boca, mientras alguien me deslumbraba al encender las luces.

–¿Desde cuándo se tiran piedras a los amigos? –dijo una voz conocida.

–¡Tenía que acordarme de que los murciélagos tienen una vista pésima! –añadió otro, frotándose la cabeza.

–¡Martin, Leo! ¿Son ustedes? –pregunté, incrédulo–. ¡Oh, por todos los mosquitos! ¡Los había tomado por dos ladrones! Pero ¿por qué estaban ahí afuera?

–Porque por fin ha llegado esto –dijo Martin, mostrándome el receptor.

La cajita de metal emitía un débil pitido: ¡Bip! ¡Bip! ¡Bip!, mientras una lucecita roja parpadeaba sin parar.

7

MURCIÉLAGOS BIZCOS

bandonamos la casa de puntillas. Los señores Silver probablemente no dormían, pero no se dieron cuenta de nada.

Estábamos ya al final de Friday Street cuando Martin se dio una palmada en la frente.

–¡Olvidé una cosa! –dijo, dando media vuelta rápidamente antes de que pudiésemos detenerlo. Volvió al minuto, con una pequeña mochila en la espalda–. ¡Listos!

No le preguntamos qué era aquella mochila. Conociendo a Martin, podía tratarse de unos cuantos tomos de la enciclopedia o algo parecido.

–Pero ¿por qué todas las empresas heroicas tienen que hacerse de noche? –lloriqueó Leo.

–Deja de gimotear y dinos hacia dónde tenemos que ir –le gritó Martin.

–Depende de la fuerza de la señal: cuanto más nos acercamos, más luminoso se vuelve el indicador rojo.

–Entonces ve tú primero –dijo Martin.

Conseguimos llegar sin problemas hasta la periferia de Fogville. Allí reconocí el árbol donde había descansado un poco antes: ¿había de verdad captado una señal de ayuda de Rebecca?

–¿Adónde se va por aquí? –preguntó Leo, titubeando.

–Eeh… al Bosque de las Encinas Rojas –respondí yo–. Mal sitio…

–¿Por qué? –preguntó Leo.

–¡Se dice que muchos han entrado pero que muy pocos han... salido! –expliqué.

–¿Has oído, Martin? Demos media vuelta.

–Escuchen, par de miedosos, quieren salvar a Rebecca, ¿sí o no?

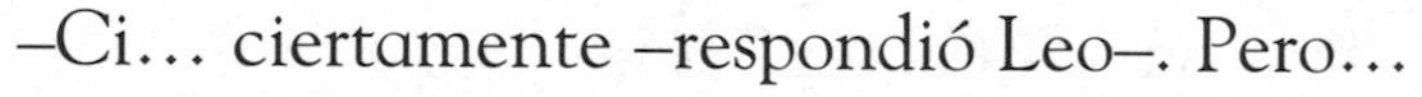

–Ci... ciertamente –respondió Leo–. Pero...

–Pero ¿qué?

–Pero Bat y yo tenemos permiso para tener miedo, ¿no?

–Permiso concedido, por esta vez –concluyó Martin–. ¿Ahora podemos continuar?

Apenas entramos en el bosque, quedamos envueltos en la oscuridad. A los murciélagos nos encanta la oscuridad, pero las ramas retorcidas de aquellas viejas encinas parecían brazos de esquele-

tos dispuestos a agarrarnos: ¡en aquel momento me habría sentido más seguro en mi querido cementerio!

Martin encendió una linterna; yo tenía mi sonar, que también me permitía detectar los obstáculos en aquel lugar, tan oscuro como la boca de un lobo.

Leo temblaba como la gelatina, y yo revoloteaba receloso cuando me embistió una nube de mis congéneres que huía a toda velocidad.

–¡Huye! –me gritó uno de los murciélagos en fuga.

Di la vuelta como un cohete y seguí al grupo.

–¿Por qué corremos tanto?

–¡Se acerca Cienojos! ¡Si te agarra, estás frito! –me respondió una voz jadeante.

–¿Cienojos? ¿Y quién es? –Nadie me respondió. Los murciélagos se dividieron de repente, siguiendo cientos de direcciones diferentes.

Solamente uno muy pequeño se quedó atrás. Debía de estar cansadísimo y se puso a lloriquear batiendo las alas, tembloroso.

–Mamá, mamá, ¿dónde estás?

–¡Psst, pequeño! –le susurré–. ¡Por aquí, rápido!

Me siguió sin hacer preguntas hasta el tronco vacío de un árbol muerto que había cerca.

Un instante después, al echar una ojeada hacia afuera, vi llegar volando a un murciélago negro con aspecto amenazador. Se paró a medio vuelo: respiraba afanosamente y de la cabeza le colgaba una especie de cresta larga.

–¿Ése es Cienojos? –le pregunté al pequeñito.

–Sí... –respondió con un hilito de voz.

Aquel tipo horrible se puso a explorar la zona, lanzando ojeadas en todas las direcciones.

Aunque tenía un miedo horroroso, estuve a punto de echarme a reír cuando me di cuenta de que su cresta sólo era un largo sombrero anaranjado con un pompón, y que era completamente bizco. Miró aquí y allá una última vez y luego se largó por donde había venido.

–¿Por qué es tan peligroso? –le pregunté.

–Es el ayudante de Amanita.

–¿Y quién es?

–¡Una bruja malísima!

–¿Una bruja?

–¡Sí, cuando viene por aquí, Cienojos vigila su escondite!

–¿Y tú sabes dónde está ese escondite?

–Oh, es fácil. Continuando recto por allí, hay una piedra grande grande, y al lado de ésta, la entrada de una gruta. Pero creo que por allí no se puede pasar.

–¿Por culpa de Cienojos?

–No, mi abuelo dice que la verdadera entrada está oculta.

–¿Y no te ha dicho dónde está?

–No, señor, dice que es demasiado peligroso. Pero usted no querrá entrar allí, ¿verdad?

–No, no estoy tan loco. Pero ahora es mejor que vuelvas con tu mamá...

–¡Hasta la vista! –se despidió, escurriéndose fuera del escondite–. Y gracias por su ayuda, señor.

–¡Me llamo Bat Pat! –intenté decirle, pero ya había desaparecido en la oscuridad.

Volví rápidamente con mis amigos: el receptor pitaba con fuerza y emitía una luz roja y brillante.

–Tenemos que estar cerca. ¿Has descubierto algo? –preguntó Martin, sacudiéndose de encima a Leo, que temblaba como una hoja.

–He conocido a un pequeño murciélago muy listo –expliqué–. Me ha dicho que siguiendo por

aquí encontraremos la entrada de una gruta: Rebecca está allí dentro, junto a la... ejem... bruja.

–¿Bru... bruja? –balbuceó Leo.

–Amanita. Parece que así se llama.

–Ve a echar un vistazo, Bat –dijo Martin, sin descomponerse–. Nosotros continuaremos por el sendero.

Volé bajo por miedo a toparme con Cienojos. Encontré el pedrusco y mostré el camino a Martin y a Leo, que estaba blanco como un vaso de leche.

Nos detuvimos delante de la pared de roca, en la que se abría una estrecha garganta negra: ¡ahí estaba la entrada! Estaba orgulloso de mí mismo.

–¿Y ahora qué? –preguntó Leo.

–Bat, ¿podrías hacer un vuelo rápido de exploración? –pidió Martin.

–¡Excelente idea! Adelante, Bat, nosotros te esperamos aquí.

–¡Eh! ¡Qué fastidio! –protesté.

Luego me vino a la cabeza aquello que siempre decía mi tío Ala Ligera: «Mejor un día de murciélago que cien de ratón».

–¡De acuerdo! –exclamé–. ¿Creían que tenía miedo? ¡Ahora verán!

Y olvidándome de las advertencias del pequeño murciélago, volé hacia adentro.

Por desgracia hice poco camino: un muro, escondido en la oscuridad, sellaba por completo la entrada, y yo choqué contra él de lleno.

8

LA BARRIGA DE LEO

Cuando recobré el conocimiento, Martin y Leo me miraban fijamente con los ojos abiertos de par en par.

–¡Vaya golpe! –exclamé, frotándome la cabeza–. ¿Estoy muerto?

–Estás muy vivo, sólo te has dado de bruces –respondió Martin, a la vez que tocaba una pared de granito.

¿Por qué mi detector no la había captado? ¿Quizá por un hechizo de la bruja?

–No hay entrada –dijo Martin–. ¿Alguna idea?

–¡Por desgracia se me ha acabado la dinamita! –dijo Leo, enseñando sus bolsillos vacíos.

–¡Muy gracioso! –comentó Martin. Luego volvió a la carga conmigo–: Bat, ¿por qué no haces otra escapadita de exploración...?

–¿Otra? Por todos los mosquitos, ¡no es justo!

–¡Piensa en Rebecca, Bat! –suplicó Martin.

Además de Rebecca estaba pensando en Amanita... De todas formas, me armé de valor y salí a dar una nueva vuelta alrededor de la cumbre.

De repente, recordé las palabras del pequeño: «Mi abuelo dice que la verdadera entrada está oculta...».

Me encomendé al detector y vi con placer que aún funcionaba a la perfección: en un santiamén descubrí lo que quería y regresé a explicárselo a Martin y a Leo.

–La entrada está en la cima. Hemos de subir allí arriba.

–¿Subir, dices? –refunfuñó Leo–. ¡Yo estoy hecho polvo!

–Bien –sentenció Martin–. Entonces te dejaremos aquí solo para que vigiles la entrada principal.

–¡Sí, hombre! Pensándolo bien, me apetece una excursión por la montaña…

Una vez en la cima, nos encontramos ante una estrecha hendidura.

–Por aquí no me cabe ni un pie –dijo Leo.

–Yo como mucho meto una pierna… –añadió Martin–. A lo mejor tú, Bat…

¡Qué te parece! ¡Era la tercera vez que aquel par me pedía que arriesgara las alas! Pero ¿podía abandonar a Rebecca?

Bajé por aquel pasadizo estrecho y oscuro conteniendo la respiración. Luego el agujero se hizo más grande y miré hacia abajo: ¡sonidos y ultrasonidos! Allí se abría una gruta gigantesca, iluminada por un centenar de velas. En el fondo había un gran estanque de aguas turbias del cual asomaban decenas de grandes sapos que croaban ruidosamente. En un islote en el centro del estanque, por fin, vi a las niñas secuestradas, inmóviles como estatuas: aquélla tan delgada con el pelo corto que habíamos visto en el hospital; otra, más gordita y de tez verdusca, y por último Rebecca, que daba vueltas, distraída, al anillo de Leo.

Sin saberlo, había activado la señal…

Delante de ellas, había una mujer vestida de oscuro, con un largo sombrero puntiagudo del cual sobresalían espesos cabellos castaños: ¡la viejecita de las manzanas! O mejor dicho, la bruja Amanita.

Levantó amenazadoramente un brazo y los sapos se callaron de repente.

–Queridos amigos –dijo, con su voz estridente–: ¡estamos aquí para escoger a

la que se convertirá en mi nueva asistenta, ya que he tenido que jubilar a la vieja Ludmila por su incapacidad! –Y lanzó un pequeño rayo contra un sapo amarillento de aspecto triste.

–Espero que entre ustedes tres, seleccionadas por la poción escondida en mis manzanas, pueda estar la que busco. ¡En cuanto a las otras dos, pasarán a aumentar el número de mis amados súbditos, convirtiéndose en dos sapos jóvenes y sanos! ¡Ja, ja, ja!

Los sapos empezaron a croar tan fuerte que tuve que taparme los oídos.

–¡Silencio! –continuó la bruja–. A medianoche en punto, las fuerzas de la magia señalarán a la escogida. ¡Que empiece la ceremonia!

Observé los números fosforescentes de mi reloj (otro regalo de Leo): ¡las doce menos cuarto!

No había tiempo para volver y avisar a los otros dos: aunque las alas me temblaban como

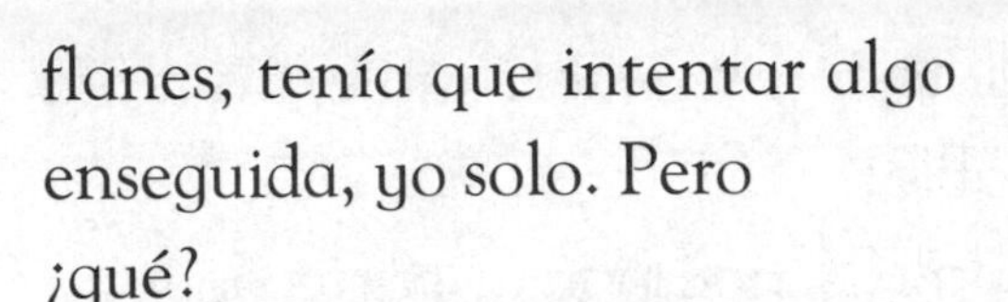

flanes, tenía que intentar algo enseguida, yo solo. Pero ¿qué?

Mi primo Ala Suelta solía decir: «¡A grandes males, grandes acrobacias!». Decidí intentar una de las maniobras más difíciles que me había enseñado: ¡el picado! Respiré profundamente y me lancé a máxima velocidad contra... ¡Rebecca! Le di en el hombro derecho y, haciéndole perder el equilibrio, caí con ella: ¡vaya golpe! Esperaba que se despertase, que me reconociese, ¡y en cambio se puso a gritar e intentó capturarme! Sus gritos llamaron la atención de la bruja.

–¡Cienojos! –gritó–. ¡Hazlo pedazos!

El murciélago bizco apareció de repente, dirigiéndose hacia mí con su sombrerito anaranjado y los ojos fuera de las órbitas: ¡créanme, no tenía un aspecto amigable!

¡Miedo, remiedo! Escapé por la parte opuesta de la gruta, en la que se abría un túnel oscuro y profundo. Volé hacia él sin pensarlo, mientras Cienojos me pisaba los talones.

Mi cerebro se preguntaba dónde iba a terminar aquella galería, y cuando lo comprendí ya era tarde: ¡ante mí aparecía la pared de granito con la que antes me había golpeado la nariz!

Con la fuerza de la desesperación, conseguí ejecutar el giro de la muerte en menos de dos metros de espacio. Cienojos, en cambio, gritó solamente dos palabras: «¡*Varcum secretum*!».

La pared se abrió, dejándolo pasar sano y salvo. Lo que él no sabía era que ir a chocar contra la barriga de Leo podía ser mucho peor.

9

UN HÁBIL DISFRAZ

Qué hacen ustedes aquí? –pregunté a Martin y a Leo, que miraban a Cienojos desmayado.

–Martin me pidió que hiciera guardia allí arriba mientras él bajaba a controlar la otra entrada.

–¡Pero él «tenía mareos», pobrecito, allí solo! –añadió Martin, sacudiendo la cabeza.

–¡Ahora ya estamos otra vez los tres! –dijo Leo, sonriente–. ¡Más bien los cuatro! ¿Quién es el bicharraco este que se ha golpeado contra mí?

–Es Cienojos. Y hay que atarlo, ¡es peligroso!

–¿Peligroso? –preguntó Martin, mirando el divertido gorrito anaranjado con el pompón.

Expliqué rápidamente cómo lo había conocido y luego les conté lo que había visto allí abajo. Cuando supieron que Rebecca y las otras dos niñas estaban bien, los dos dieron un suspiro de alivio. Ahora sólo faltaba sacarlas de allí...

–Así pues, ¿qué hacemos? –preguntó Leo.

–Un momento, estoy reflexionando... –respondió Martin–. Es Cienojos quien ha abierto la entrada de la gruta, ¿verdad?

–Sí. Y también sé cómo lo ha hecho. Mira: ¡*Varcum secretum*! –grité, y la pared de roca gris se abrió ante el asombro general.

–¡Asombroso, Bat! ¡Tienes poderes!

–Digamos sólo que... ¡tengo buen oído!

–¡Ya lo tengo! –exclamó Martin–. Bat, tienes que ocupar el lugar de Cienojos y volver allí dentro. La bruja tiene que creer que has sido abatido y que su secuaz está vivo. Nosotros te seguiremos a escondidas, y una vez dentro liberaremos a Rebecca. ¿Está todo claro?

–Sí, lo está, pero ¿cómo hago para parecer bizco?

–¡Tú déjanos actuar!

Me ensuciaron con tierra, me pusieron el sombrerito y, como no conseguía torcer los ojos, Martin me puso los anteojos de sol:

–Dirás que se las quitaste al otro murciélago. Vamos, Bat, todo irá bien. ¡Mueve las alas!

–¡Un momento de reflexión! –pedí.

Tenía un miedo horrible, pero con tal de salvar a Rebecca incluso hubiera dormido con la cabeza hacia arriba.

Leo, mientras tanto, había atado a Cienojos.

Caminando por el túnel, hice la pregunta que tenía en la cabeza desde hacía rato:

–¿Cómo liberaremos a Rebecca?

Martin se paró y se quitó la mochila de la espalda.

–Ya es hora de que les enseñe lo que hay aquí dentro –dijo, y abrió la mochila.

–¡Eh, esto es mío! –exclamó Leo apenas hubo mirado dentro–. ¿De dónde lo has sacado?

–De tu armario. Ahora veremos si funciona.

–Mis inventos siempre funcionan –se ofendió Leo–. Deberías saberlo.

10

A LOMO DE UNA ESCOBA

Apenas el cerebrito de los Silver hubo terminado de explicarnos su plan, vimos que quizá era la única vía de salida.

–Valor, Bat –me incitó Martin–. Ahora ve y sé convincente.

Entré volando en la gruta con el corazón a mil. La bruja ni tan siquiera me dedicó una mirada.

–¿Lo has solucionado? –me preguntó.

–¡Lo hice papilla! –respondí, yendo a esconderme en un hueco oscuro.

–¡Bravo, Cienojos! ¡Esta noche doble ración de cabeza de sapo!

¡Puaj, tenía ganas de vomitar!

Frotándose las manos, la bruja se dirigió a las tres pequeñas prisioneras:

–Y ahora, queridas mías, es hora de afrontar la primera de las dos pruebas a las que serán sometidas. Se trata de un clásico del arte de la brujería: ¡el vuelo en escoba! Observen atentamente, se los ruego.

Subió a horcajadas en una larga escoba y salió como un cohete hacia el techo de la gruta. Hizo picados, piruetas, giros de la muerte y finalmente aterrizó en el estanque, haciendo deslizar sobre el agua los tacones puntiagudos

de sus botas. ¡No estuvo mal! Quizá hasta Ala Suelta le habría aplaudido. Los sapos croaron, entusiasmados.

–¡Gracias, gracias! –repitió la vieja vanidosa, volviendo hacia las chicas–. Y, ahora, ¿cuál de ustedes tres quiere probar primero?

Rebecca, mirando al vacío, dio un paso adelante:

–¡Muy bien! –dijo la bruja, tendiéndole la escoba–. Sólo he de advertirte una cosa, querida mía: la prueba que he pensado para ustedes será ligeramente más difícil…

Luego gritó: ¡*Focus*! Y un gran círculo colocado en la orilla del estanque se incendió.

–Será suficiente que atravieses el círculo de fuego una vez –dijo entre carcajadas–. ¡Valor, pequeña, sube a esta escoba y demuéstrame que eres una verdadera bruja!

Yo estaba aterrorizado. Con un ojo miraba a Rebecca, que acababa de subir a aquella «cosa» volante, y con el otro al agujero del que tendrían que haber salido Leo y Martin con su plan sorpresa. ¡Un minuto más y me hubiera vuelto bizco de verdad!

Rebecca empezó a pasar como una exhalación por la gruta, rozando peligrosamente las paredes. Parecía que siempre hubiese volado. ¿Y si fuera realmente una bruja?

–¡Bien, muy bien! –gritaba la hechicera, entusiasmada–. ¡Ahora el círculo de fuego!

En aquel preciso instante, Leo y Martin aparecieron por el túnel y vieron a su hermana que, a lomo

de una escoba, se lanzaba en picada hacia las llamas. Yo no conseguí aguantar un gemido, pero Leo gritó tan fuerte que asustó a todos los sapos:

–¡¡¡REBECCA, NOOOOOO!!!

La bruja giró y lo fulminó con un rayo azul. Martin intentó huir, pero otro rayo lo alcanzó y lo inmovilizó.

–¡Cienojos! –gritó después–. ¿Quiénes son estos?

–Yo... ¡no lo sé! –balbuceé, sacando la nariz de mi escondite. ¡Amanita estaba atando a mis amigos como si fueran un salami!

11

CÓMO CONVERTIRSE EN CERDO

fortunadamente Rebecca había aterrizado sana y salva y me miraba impasible, como si sólo hubiera dado una vuelta en bicicleta.

–¿De dónde has sacado estos anteojos ridículos? –me preguntó la bruja.

–Del murciélago que he abatido –contesté enseguida–. ¡Evidentemente estaba en complicidad con... estos dos!

–¿Y se puede saber cómo entraron? No se te habrá escapado la palabra mágica, ¿verdaaad?

—gritó la vieja, furibunda, y desencadenó contra mí una lluvia de relámpagos incandescentes.

Esquivé de milagro los primeros rayos y me metí en el túnel, pero justo entonces noté una sacudida en medio de la espalda y caí al suelo.

—¡Luego pasaremos cuentas contigo! —Fue la última frase que oí. Después, perdí el sentido.

Por suerte la bruja no se preocupó más de Cienojos, es decir, de mí. Cuando me desperté estaba atontado del todo y me costaba moverme.

Me arrastré hasta la entrada del túnel para echar un vistazo dentro de la gruta y me preparé para asistir al trágico final de mis amigos.

–¡Bien, tenemos dos conejillos de Indias para nuestros encantamientos! –dijo la bruja, riendo–. Qué suerte, ¿verdad, queridas mías?

Las niñas continuaban mirando hacia adelante, gélidas e inexpresivas.

–¡Dejemos la escoba y aprovechemos a estos dos jovencitos para la siguiente prueba! –continuó Amanita, sacando chispas por los ojos–. La fórmula que utilizaremos ahora la aprendí de una vieja hechicera, una tal Circe, y puede transformar a un hombre en un cerdo. ¡Observen atentamente!

Sacó de la manga una larga varita, señaló con ella a un par de sapos y empezó a recitar el encantamiento:

Tinieblas, relámpagos, chispas y escalofríos,
llenen el aire de oscuros resplandores.
Examinen las especies animales.
¡Vamos! ¡Transformen a estos en cerdos!

Hubo una bocanada de humo blanco de la que salieron dos sonrosados y rollizos cerditos.

–¡Ja, ja, ja, siempre me divierto como si fuera la primera vez! –dijo la vieja, entre carcajadas–. Y ahora probarán ustedes, pero… ¡con ellos!

Naturalmente, «ellos» eran los hermanos Silver, que acababan de volver a abrir los ojos.

La niña de los cabellos cortos cogió la varita y, apuntándola contra Leo y Martin, empezó a recitar la fórmula.

Leo intentó distraerla:

–¡Eh, hola! ¿Sabes cómo hace un cerdo para engordar? ¡Come como un… *puerco*! ¿No te ríes? Bueno, ¡espera!

Pero ella no esperó. Se produjo de nuevo la bocanada de humo.

–¡Eh! ¡Mira cómo me dejaste! –protestó Leo, indicando la colita en forma de sacacorchos que asomaba por sus pantalones.

–¡Cállate! –gritó la bruja–. ¡O te transformo directamente en un jamón! Ahora prueba tú –ordenó a la otra niña–. ¡Y procura hacerlo mejor! Pero date prisa: ¡es casi medianoche!

La niña recitó la fórmula, y cuando el humo blanco se desvaneció… ¡sólo Leo se había convertido en un rollizo cerdito!

–¡No es suficiente, aún no es suficiente! –se enfadó la bruja–. ¡Los dos a la vez!

Luego mascullό algo y Leo recuperó su aspecto.

–Adelante, pequeña –dijo a Rebecca–. Te toca a ti. ¡Si también superas esta prueba, tendrás el honor de entrar a mi servicio! ¡No me decepciones!

Rebecca cogió la varita y contempló a sus hermanos con una mirada de hielo.

–¡Rebecca, despierta! –repetía Martin– ¡Te lo ruego, despierta!

–¡Eh, Rebecca, somos nosotros! ¡Tus hermanos! ¿No nos reconoces? –se desgañitaba Leo.

–Pero, bueno –se alegró la bruja, acercándose–. ¿Qué tenemos aquí? ¡Los hermanitos de mi futura asistenta! ¡Qué honor! ¡Significa que en lugar de hacer de ustedes salchichas y mortadela, les perdonaré la vida!

–¿Lo dice en serio? –preguntó Leo, esperanzado–. ¿No nos matará?

–¿Por qué tendría que hacerlo? ¡Serán dos bellísimos sapos para mi colección! ¡Ja, ja, ja! ¡Continuemos!

Rebecca se adelantó: ¡unos pocos instantes y perdería a mis amigos para siempre! Fue en aquel momento que me di cuenta de algo que no había visto antes: ¡Martin ya no tenía su mochila en la espalda!

Debía de haberla perdido cuando intentaba huir por el túnel y, por tanto, todavía podía estar allí, cerca de mí. Arrastrándome con los codos retrocedí un poco hasta que la vi, intacta, en el suelo.

¡Sonidos y ultrasonidos! Quizá no todo estaba perdido, ¡pero tenía que actuar deprisa!

Abrí la mochila y saqué su preciosa carga. ¿Quieren saber lo que era?

El último hallazgo de Leo para el Carnaval: los «lanzahumos», un invento suyo para producir estrellas fugaces de humo de colores. Útil, ¿no?

«Estos aparatos crearán una confusión tal –había dicho Martin explicando su plan–, que cuando la bruja se dé cuenta de que hemos entrado, ya habremos salido.»

Recé para que tuviese razón y rápidamente coloqué aquellas máquinas por el suelo, apuntándolas hacia la gruta.

Mientras, oía la horripilante voz de la bruja, que incitaba a Rebecca a recitar la fórmula.

¡Rápido! ¡Tenía que hacerlo rápido!

Hurgué frenéticamente en la mochila para buscar lo último que me faltaba, lo más importante: los cerillos. Pero ni rastro…

Estábamos perdidos.

De repente, oí una voz amenazadora a mis espaldas, y la reconocí de inmediato.

12

LA HORA DE LAS BRUJAS

evuélveme enseguida mi sombrero!

–¡Cienojos! ¿Cómo te escapaste?

–¡Un juego de niños para el secuaz de una bruja! Estoy aquí desde hace un buen rato, ¿sabes? No me he perdido nada.

–Imagino que ahora me llevarás con tu dueña, ¿verdad?

El murciélago se me acercó, mirándome (es un decir) serio.

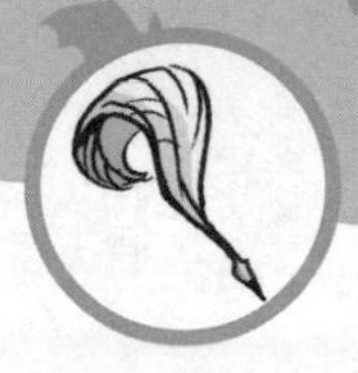

Luego me arrancó de la cabeza el sombrerito anaranjado con el pompón.

–Querido amigo, debo darte las gracias... –continuó.

–¿Darme las gracias? –pregunté, incrédulo.

–Darte las gracias, sí... ¡por haberme abierto los ojos sobre la maldad de mi dueña!

–Pero ¿qué estás diciendo?

–¿Has visto de qué modo te ha tratado cuando se creía que tú eras yo? Esta vieja bruja siempre me ha despreciado ¡y ahora se merece un castigo!

¡No creía lo que estaba oyendo! Estaba allí aterrorizado a los pies de mi colega bizco, esperando que me dijera de un momento a otro que estaba bromeando. Pero no sucedía.

–¿Has oído lo que ha dicho, no?: «Luego pasaremos cuentas contigo». ¿Sabes lo que significa? Significa que tendré el mismo final que Ludmila, su vieja asistenta, a la que por un pequeño error al preparar una poción, convirtió en un sapo. ¡Pobre Lud!

Me volví angustiado hacia la gruta y vi que Rebecca ya había levantado la varita mágica hacia Leo, que se había puesto a temblar de miedo incluso antes de convertirse en un cerdo por segunda vez.

–¡Te lo ruego, Cienojos, hermano murciélago, ayúdame! –le imploré–. ¡Busca algo para encender estos cacharros!

Quizá porque le daba pena en aquel momento en que, maltrecho como estaba, me esforzaba por salvar a mis amigos, o quizá porque le había llamado hermano (y como siempre decía mi tía Ala Labor: «¡No hay murciélago que no sea tu hermano!»), lo cierto es que se decidió a echarme una garra.

–¡De acuerdo! –dijo–. Tendré que acordarme de la fórmula para encender el fuego.

–¡Oh, gracias! –repliqué, casi conmovido–. ¡Gracias infinitas!

Rebecca, mientras tanto, agitando la varita ante los ojos implorantes de Leo, había empezado a recitar lentamente el primer verso de la fórmula «porcina»:

Tinieblas, relámpagos, chispas y escalofríos…

–Así pues –empezó Cienojos–, si no me equivoco, decía así: *dulce, dulzón, azúcar y polvorón*... No, ésa es la fórmula para los postres. Veamos...

–¡Rápido! –dije–. ¡Date prisa!

Rebecca pronunció también el segundo verso:

Llenad el aire de oscuros resplandores...

–¡Ah, sí...! –murmuró él–. *Llama, llamita, pan y mortadelita*... ¡Uy, no! ¿Cómo era?

Impasible, Rebecca empezó con el tercer verso:

Examinen las especies animales...

–¡Apresúrate o será demasiado tarde!

–¡Lo tengo! –exclamó Cienojos, y recitó–:

Lenguas de llama, del frío despierten.
¡Que aquí abajo caigan gotas de fuego!

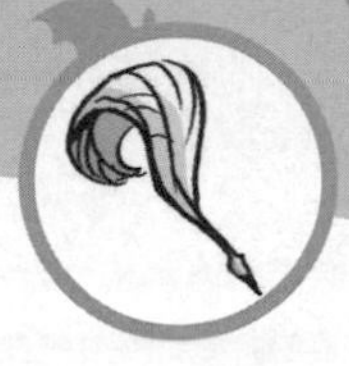

Al instante se desencadenó una lluvia de llamas escurridizas que cayó sobre los «lanzahumos», encendiéndolos precisamente en el momento en que Rebecca empezaba a recitar el último verso:

¡Vamos! ¡Transformen a estos…

¡Pero antes de que consiguiese acabar la frase se armó el alboroto!

La gruta quedó invadida por la fiesta de colores más espectacular que nunca se hubiera visto: ¡cintas y aros de humo multicolores silbaron y se deslizaron sobre la cabeza de la bruja y de las tres niñas, desencadenando una gran confusión!

Mientras el humo lo cubría todo, tuve tiempo de ver a la bruja que, chillando como un águila, se abalanzaba hacia Rebecca para arrancarle la varita de la mano y parar aquel desastre. Pero mientras le tiraba del brazo hacia sí, haciéndole perder el equilibrio, Rebecca terminó la fórmula:

... en cerdos!

Luego quedó envuelta en una bocanada de humo blanco que se mezcló con el rojo de los «lanzahumos», convirtiéndose en un bonito color... ¡rosa!

Rosa como aquel gran cerdo que vi gruñir en el centro de la gruta cuando Cienojos, con otra fórmula que le había vuelto a pasar por la cabeza (¡Ábrete niebla!), hizo desaparecer todo aquel nubarrón colorado.

Creí que me moría: ¿aquel era Leo o era Martin? Luego me di cuenta de que el cerdito llevaba

un gorrito negro en la cabeza y que un mechón de pelo gris le caía sobre la boca.

–¡Por fin! –exclamó Cienojos al ver a su dueña humillada de aquella manera.

–¡Rebecca! –grité yo al verla sana y salva junto a sus compañeras de fatigas, que miraban a su alrededor, asombradas.

–¡Bat! –gritó ella corriendo hacia mí, libre de todo encantamiento.

–¡Eh! ¿Y nosotros qué? –protestó Leo, aún atado junto a Martin.

¡Estábamos todos sanos y salvos de milagro! O quizá por arte de magia…

Miré el reloj: las doce en punto.

¡La hora de las brujas!

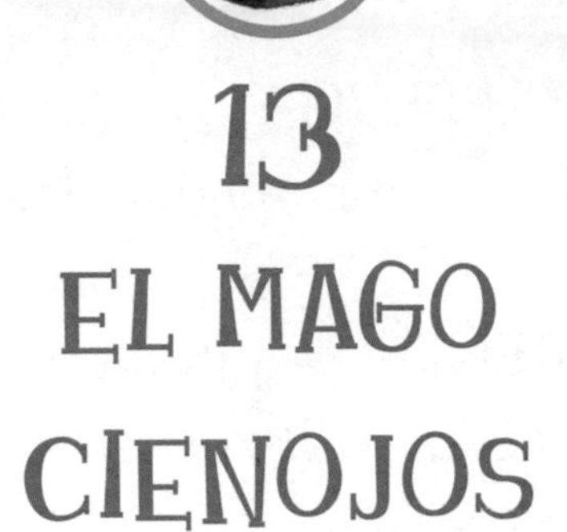

13

EL MAGO CIENOJOS

Todos nos reunimos en el islote del centro de la gruta.

Rebecca me llevó en brazos. En parte porque aún no conseguía caminar, en parte también porque no me sentía tranquilo en medio de tantos sapos. Todos ellos estaban extrañamente agitados, y para celebrar el final feliz de nuestra aventura habían empezado a croar tan fuerte que nos obligaron a gritar para hacer las presentaciones.

–¡YO SOY REBECCA!

–¡YO, SARA! –respondió la delgadita de pelo corto.

–¡Y YO, BRENDA! –gritó la regordeta.

–¡MUCHO GUSTO! –gritaron Leo y Martin, presentándose a su vez.

Después me tocó a mí:

–¡YO SOY BAT Y ÉL ES CIENOJOS! ¡SI NO LO HUBIESE ENCONTRADO, NO SÉ CÓMO HABRÍAMOS ACABADO!

Las dos niñas me miraron: en efecto, un murciélago parlante no es un espectáculo que pueda contemplarse todos los días.

–¡*SILENTIUM ABSOLUTUM*! –chilló Cienojos a los sapos, agitando la larga varita de su dueña.

Inmediatamente los sapos enmudecieron.

Ahora todos lo miramos boquiabiertos: ¡tampoco un murciélago bizco con un gorrito anaranjado que realiza encantamientos es un espectáculo que se vea todos los días!

–¡Qué increíble! –exclamó Leo–. Mejor que mi profesora de inglés cuando se enfada.

–Quiero volver a casa –dijo Sara–. Este lugar me da mucho miedo.

–Yo también –añadió Brenda–. Quiero a mi mamá y a mi papá.

–En cambio, a mí me gustaría saber qué estamos haciendo en una gruta en compañía de sapos, cerdos y murciélagos –pidió Rebecca, acariciando un enorme sapo marrón.

–Es una historia muy extraña. Se parece un poco a la de Blancanieves... –intervino Martin, y en pocas palabras explicó a las tres niñas todo lo que ha-

bía sucedido, desde las manzanas hechizadas hasta el final. Ellas no recordaban nada en absoluto.

–¿Ni siquiera recuerdas cómo has logrado transformar a la bruja en un cerdo? –pregunté a Rebecca.

–Quieren decir –preguntó ella, indicando al cerdito que hurgaba con el hocico en el agua cenagosa– que es…

–Sí –respondió Martin–. Es ella. Cuando pronunciaste las últimas palabras del encantamiento intentó arrancarte la varita de las manos, pero sólo consiguió dirigirla en su contra.

–Pero… ¿podría librarse del encantamiento? –pregunté yo, por seguridad.

–Sólo si consigue pronunciar la fórmula al revés –precisó Cienojos–. Pero, que yo sepa, no existen cerdos parlantes, sólo murciélagos.

–Bien –concluyó Martin–. Entonces la dejaremos suelta en el Bosque de las Encinas Rojas. Allí hay bellotas en abundancia y ya no nos molestará más.

–Si me permiten, quisiera «liberarla» yo –dijo Cienojos, y apuntándole con la varita empezó a lanzar rayos contra el trasero de su antigua dueña, haciéndola huir gruñendo hacia la salida.

–¡Buena puntería! –observé.

–¡Oh, todo es cuestión de «ojo»! –respondió él, riendo.

–¿Ahora ya podemos irnos? –preguntó Leo–. ¡Empiezo a tener hambre!

–Una última cosa –intervino nuevamente Cienojos–. Todavía tengo que liberar a una amiga. Lud, ven aquí.

El sapo amarillento de aspecto triste se acercó dando saltitos. Cienojos le sonrió y lo rozó con la punta de la varita. De una nube de centellas de oro asomó una simpática viejecita de mirada bondadosa.

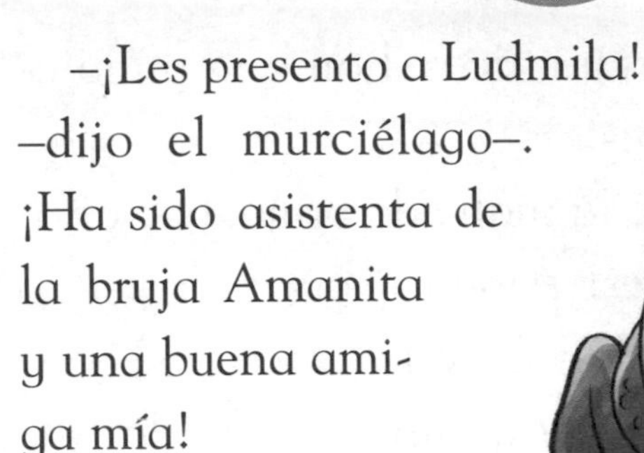

–¡Les presento a Ludmila! –dijo el murciélago–. ¡Ha sido asistenta de la bruja Amanita y una buena amiga mía!

–Por suerte Amanita ha tenido su merecido –murmuró la viejecita–. ¿Dónde está ahora?

–Buscando bellotas en el bosque –le respondió Leo.

–No la pierdas de vista –añadió Cienojos. Luego le dio la varita–: Toma, ahora es tuya.

La viejecita la tomó y la dirigió hacia los sapos, cuchicheando alguna cosa.

Se oyó un rumor extraño: ¡Pop! ¡Pop! ¡Pop! Y estallando como si fueran palomitas de maíz, los animales volvieron uno tras otro a ser lo que eran:

niños y niñas, chicos y chicas, hombres y mujeres de todas las edades.

¡Todos víctimas de la malvada bruja, que ahora volvían a ser libres! Alguno continuó siendo un sapo… pero ya debía de serlo antes.

–¡Salgamos de aquí! –dijo finalmente Martin.

–Buena idea –comentó Leo. Luego añadió, dirigiéndose a Ludmila–: Escuche, señora, ¿con esta varita no podría hacer que aparecieran un par de hamburguesas con queso?

14

HOGAR, DULCE HOGAR

s inútil explicarles cómo nos recibieron los señores Silver cuando, a las tres de la madrugada, llegamos a casa. Elizabeth no dejaba de llorar y de abrazarnos, mientras George continuaba haciendo preguntas del tipo: «¿Por qué huelen a cerdo?», o bien: «Rebecca, ¿qué pretendes hacer con este sapo enorme que llevas en el brazo?».

La señora Silver le pidió que informara a la poli-

cía de nuestro regreso, y una hora más tarde Sara y Brenda fueron llevadas sanas y salvas a sus casas.

Del resto del asunto, tanto a la policía como a los periodistas del *Eco de Fogville* explicamos lo mínimo indispensable: una vieja loca había secuestrado a tres niñas, y los valientes hermanos de una de ellas las habían liberado y devuelto a sus casas. Ningún rastro de la anciana mujer.

¡Mejor no hablar de brujas, varitas mágicas y murciélagos parlantes!

Cuando policías y periodistas se fueron de casa era casi el alba. Por fin nos podíamos bañar (también yo he aprendido a hacerlo, pero he de evitar colgarme cabeza abajo, porque se me va toda el agua a la nariz) y, como el sol estaba a punto de salir, Leo reclamó el desayuno.

Le hicimos compañía, pero nadie comió tanto como él. Tenía las mejillas como globos y derramaba comida por todos lados.

–¡Compórtate, Leo! –le dijo su madre–. ¡Comes como un cerdo!

–¡Grunf! ¡Grunf! ¡Exacto! –respondió él, haciéndonos reír a todos.

–¿Sabes, mamá? –comentó Martin–. ¡Creo que esta aventura lo ha transformado de verdad!

Ya ha pasado una semana desde aquella noche embrujada.

Rebecca parece haber superado bien el trauma del secuestro. Tan bien que me ha pedido ayuda para participar en el famoso concurso escolar «Cambia el final de *Blancanieves y los siete enanitos*». Le gustaría incluir una princesa que, junto a los enanitos, abre un castillo-refugio para príncipes transformados en sapos. ¿Creen que le gustará al jurado?

Cienojos ha venido a verme a mi desván y me ha invitado a la superfiesta que está organizando. Ahora que tiene una gruta toda para él, dice que quiere invitar a todos los murciélagos que conoce.

Le he pedido permiso para contar nuestra aventura. Me ha autorizado, con la condición de que al final diga que él ha sido requerido por un director teatral a causa de su fascinante mirada y se ha convertido en un actor famosísimo. No sé si lo complaceré.

Leo, en cambio, ha insistido en que escribiese al menos el último capítulo utilizando los dedos de los pies. ¡He intentado hacerlo, pero me disloqué un pulgar!

Ahora los tengo que dejar.

He prometido a Martin que le daría mi opinión sobre *La venganza del conejo gigante*, y más tarde tengo que acompañar a Rebecca a liberar a su sapo en el estanque del parque público. Dice que en la bañera sufre demasiado.

¡Nos veremos en la próxima aventura!

Un saludo *embrujado* de su

Bat Pat

BOMBAS DE PIEDRA

Observen bien a los dos ladrones (de aspecto más bien familiar) que he puesto en fuga con el truco de mi primo Ala Suelta. Entre la primera y la segunda imagen hay 6 diferencias. ¿Cuáles?

Solución: el remiendo en el suéter de Leo, la camiseta de Martín, el flequillo de Martín, el dibujo en el zapato de Leo, el trazo de la piedra, el pulgar de Leo.

LECCIONES DE VUELO ACROBÁTICO

¡Por todos los mosquitos! Al hacer uno de mis vuelos nocturnos, he confundido las fases de vuelo... ¿Me ayudan a ponerlas en la secuencia correcta?

Solución: E – C – B – F – A – D.

EL SAPO SOLITARIO

¡Activen el detector! De todos estos sapos, sólo uno no tiene un compañero idéntico. ¿Cuál es?

Solución: el sapo grande verde a la izquierda.

TINIEBLAS Y RAYOS...

La bruja Amanita ha roto la fórmula mágica que transforma a los humanos en cerdos. ¡Fotocopien esta página, recorten los trozos e intenten recomponer el pergamino!

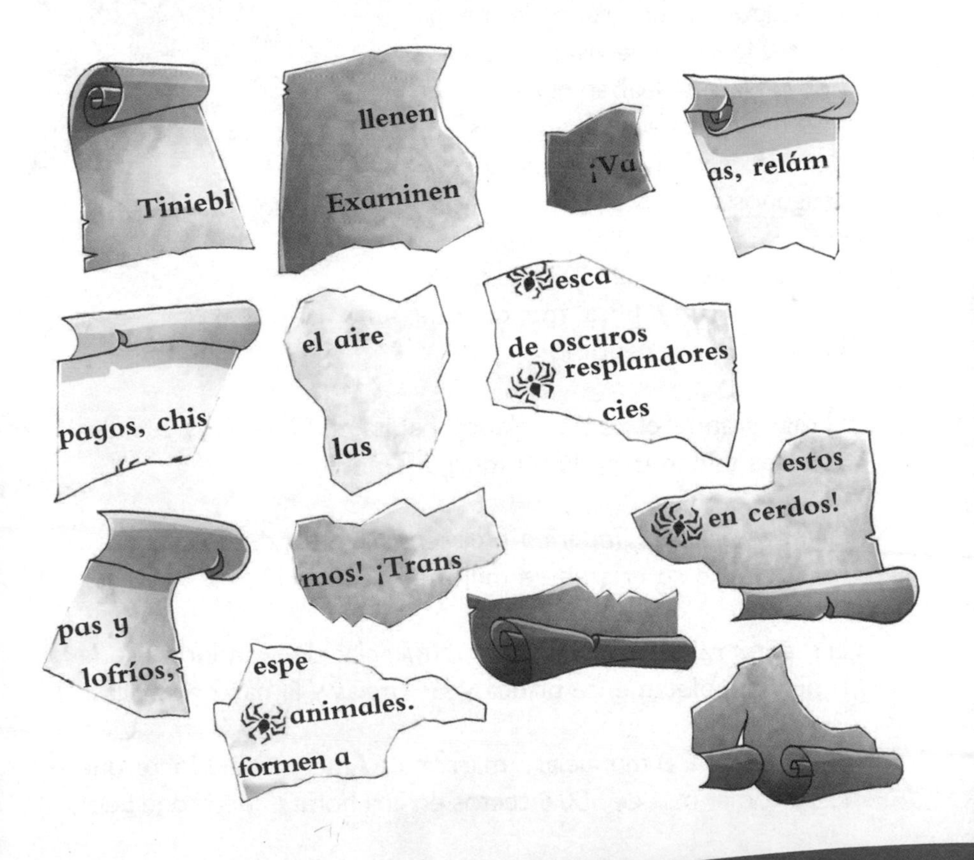

Queridos amigos voladores: aquí estoy en la cita habitual con las noticias del mundo de los murciélagos. Esta vez quisiera presentarles a un grupo de mis parientes lejanos que viven esparcidos por el planeta. ¿Saben que existen más de mil especies diferentes de murciélagos? Les presento a algunos:

El más pequeño: el «bombo», vive en Tailandia ¡y pesa menos que una moneda de un céntimo!

El más grande: el zorro volador, habita en Oriente, y sus alas abiertas miden más de un metro y medio.

El más tierno: el *Tadarida brasiliensis*. Las madres consiguen reconocer a su cría entre millones de murciélagos.

El más extraño: el pequeño *Ectophylla alba* de Honduras. Tiene la piel completamente blanca y las orejas y la nariz amarillas.

El más glotón: el murciélago marrón de América del Norte, que logra comer más de 500 insectos en una hora… ¡peor que Leo!

¿DE QUIÉN ES ESTO?

Los personajes dibujados han perdido algún objeto. Ayúdalos uniendo con una flecha cada personaje con aquello que le pertenece.

Solución: A-3, B-5, C-4, D-1, E-2.

ÍNDICE

BAT PAT

NO SE PIERDAN...

EL TESORO DEL CEMENTERIO

Una noche, en el viejo cementerio, vi a un encapuchado de aspecto muy, pero muy sospechoso. Después de pensarlo un par de segundos, llegué a la conclusión de que sólo tenía dos posibilidades: ¡esfumarme a toda ala o lanzarme de cabeza hacia el peligro! ¿Saben cuál de las dos elegí?

¡ADIÓS, AMIGOS!